A Luis, porque gracias a él,
ya nunca tendré miedo de las… ¡PALABRAZ!

José Carlos Andrés

Un vampiro peligrozo
Colección Somos8

© del texto: José Carlos Andrés, 2020
© de las ilustraciones: Gómez, 2020
© de la edición: NubeOcho, 2020
www.nubeocho.com · info@nubeocho.com

Primera edición: febrero 2020
ISBN: 978-84-17673-84-0
Depósito Legal: M-389-2020

Impreso en Portugal.

UN VAMPIRO PELIGROZO

José Carlos Andrés
Gómez

HACE MUCHO TIEMPO,
en la lejana Transilvania, donde nacieron
los vampiros más famosos del mundo,
sucedió algo que podría dar

MUCHO MIEDO.

Una niña caminaba de noche por la calle cuando,
de repente, ¡apareció una enorme sombra!
Una sombra gigantesca, una sombra…
¡UNA SOMBRA QUE ASOMBRA!

Se escuchó aullar a un ENORME LOBO.
La niña se paró al ver la sombra que asombra
y escuchó un GRITO GRITOSO GRITADO.

—¡ZOY UN VAMPIRO PELIGROZO!
grító un vampirito chiquitito.

—¿¿¿Peligrozo??? —preguntó la niña asombrada.

—Zí. De loz de **¡ÑAM, ÑAM, ÑAM!**

La niña lo miró con los ojos muy abiertos.
Él, sin pestañear, gritó:

—¡¡¡ZOY MUY PELIGROZO!!!

Ella tembló, pero de risa, ¡¡¡JAJAJA!!!

El vampirito se echó a llorar.

—No doy miedo a nadie, todo el mundo ze ríe de mí.

Mañana voy a zuzpender el **EZAMEN** en la ezcuela de vampiroz…

—Vampiros —le corrigió la niña.

—Ezo, vampiroz. Tengo que dar un zuzto gigantezco
a alguien y zi no lo conzigo me enviarán a la ezcuela de
PELADOREZ DE PLÁTANOZ.

—¿¡¡Escuela de peladores de plátanos???

—Zí... ¡Y yo quiero zer un vampiro y no
un pelador de plátanoz! ¡Buaaa!

A la niña el vampiro no le dio miedo, pero sí un poco de lástima, y le dijo:

—No te preocupes, yo te ayudaré. Si lo que quieres es dar un gran susto, ¡darás el SUSTO MÁS GRANDE del mundo mundial!

A la noche siguiente, en la lejana Transilvania…

Una niña paseaba por una calle casi vacía cuando
se escuchó el aullar de dos enormes lobos y apareció…

¡UNA ENORME SOMBRA!

Era una sombra gigantesca… Una sombra…

¡UNA SOMBRA QUE ASOMBRA!

(Y que podría dar un miedo muy miedoso.)

—¡ZOY UN VAMPIRO... —gritó el vampirito.

— ...PELIGROSO! —terminó la frase
la niña antes de caerse del susto.

En ese momento, un montón de fantasmas,
momias, peladores de plátanos, mocos verdes con
ojos, Frankensteins y vampiros aparecieron para dar
UN GRAN APLAUSO al vampirito.

A la noche siguiente, cuando sonaron las doce campanadas, cientos de lobos aullaron para festejar que el vampirito había dado **EL MAYOR SUSTO DEL MUNDO.**

—Y el premio al **GRAN ASUSTADOR** es para…

El vampirito, sonriente, recogió su medalla.

Todas las monstruas y monstruos dieron un gran aplauso.

En la lejana Transilvania, una noche,
cuando sonaban las doce campanadas,
sucedió algo que podría dar…
¡PODRÍA DAR MUCHA RISA!

—Graciaz por ayudarme a zer un gran vampiro.

—Gracias a ti, porque ya nunca tendré miedo de los…

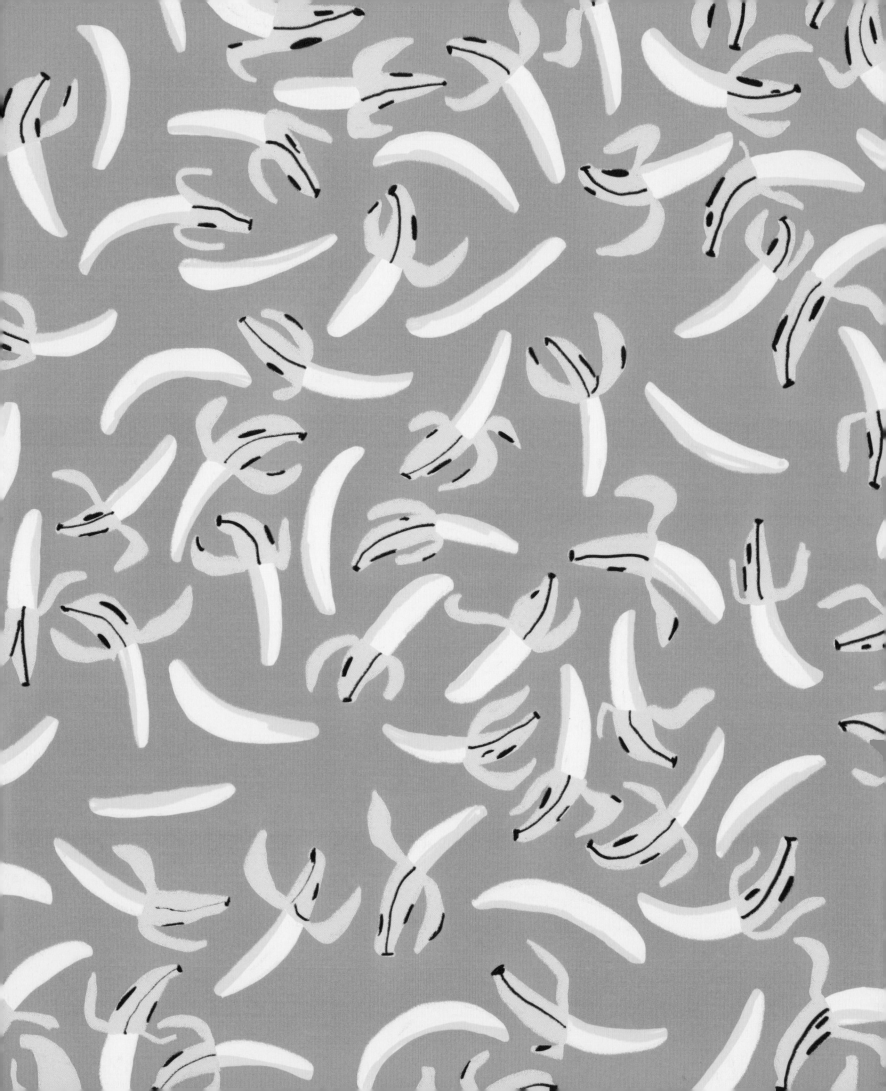